# Les baguettes magiques

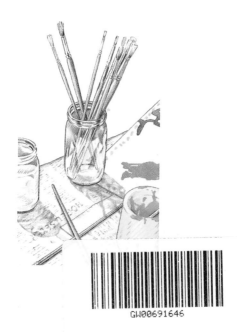

*Pour Iris*
*et les enfants*
*de Cherry Orchard*
*et Thorntree*

Titre de l'ouvrage original : CLEVERSTICKS
Éditeur original : HarperCollins Publishers Ltd, London
Text © Bernard Ashley 1992
Illustrations © Derek Brazell 1992
All rights reserved.
The author and illustrator assert the moral right
to be identified as the author and illustrator of this work.
Pour la traduction française,
publiée en accord avec HarperCollins Publishers Ltd :
© 1995 Castor Poche Flammarion
ISBN : 2-08-162963-1 - ISSN : 0993-7900
Imprimé en Italie par Vincenzo Bona, Turin - 01-1995
Flammarion et Cie, éditeur (N°17911)
Dépôt légal : février 1995
Loi n° 49-956 du 16 juillet 1949
sur les publications destinées à la jeunesse

Bernard Ashley

# Les baguettes magiques

illustrations de Derek Brazell

traduit de l'anglais par
Rose-Marie Vassallo

Castor Poche
Flammarion

Deux jours après la rentrée,
Ling Sung
n'aime plus du tout l'école.

Il y a beaucoup trop de choses
que les autres savent faire
et pas lui.

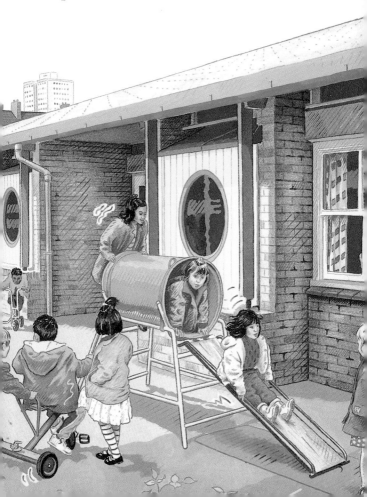

Nouer ses lacets, par exemple.
Kevin fait ça si vite
qu'il dénoue les siens pour le plaisir.
Et tout le monde le regarde.

Ling Sung a essayé. Rien à faire.
Ses lacets se tortillent
dans tous les sens.

Manjit, elle, sait écrire son prénom.
Elle l'écrit sur toutes ses affaires,
elle l'écrit en gros sur ses dessins.
– Bravo, Manjit ! dit la maîtresse.

Ling Sung essaie d'écrire son prénom.
Mais il ne sait pas trop
comment tracer les lettres
ni dans quel ordre les aligner.

Il y a une chose
que Ling Sung sait faire.
Quand vient l'heure de la sortie,
il boutonne son blouson tout seul,
sans demander d'aide à personne.
Mais quand il a terminé,
son blouson est tout de travers.

Audrey a boutonné le sien
sans se tromper
et la maîtresse la félicite :
– Bravo, tu es une grande fille !
Elle ne dit rien à Ling Sung
mais elle reboutonne son blouson
comme il faut, tout en bavardant
avec le papa d'Audrey.

Ling Sung ne veut plus aller
à l'école, plus jamais. Il veut faire
ce qui lui plaît, du matin au soir.
Regarder les clowns dans le parc.
Faire des pirouettes pour amuser
le chat.

Éclabousser maman
à la piscine.
Aider papa à baigner
la petite sœur.

Mais le lendemain,
l'école recommence.
À l'heure du goûter, José montre
à tout le monde qu'il sait nouer
tout seul son tablier dans son dos.

Ling Sung n'arrive même pas
à enfiler le sien. Ling Sung boude.
Il en assez d'admirer
ce que les autres savent faire.
Pourquoi toujours eux, jamais lui ?

Tiens !
Deux pinceaux qui traînent.
Quelqu'un a oublié
de les remettre dans le pot.

Ling Sung
prend les pinceaux d'une main,
il les croise et joue avec.
Il s'amuse si bien
qu'il manque de lâcher son assiette.
Ses biscuits glissent…
les voilà en morceaux !

Kevin éclate de rire.
– Super ! On dirait un clown.

Alors Ling Sung grimace
comme un clown.

Et tout à coup, avec les pinceaux
en guise de baguettes,
il porte à sa bouche
un morceau de biscuit, exactement
comme il le fait à table chez lui.

La maîtresse applaudit :
– Regardez, tout le monde !
Regardez ce que Ling Sung sait faire !
Vous avez vu ?
Elle a l'air contente :
– Recommence, Ling Sung.
Fais-nous voir…

– Est-ce que quelqu'un d'autre ici
sait manger avec des baguettes ?

Personne ne sait le faire.
– Vite, une photo,
dit Chandra.

Manger avec des baguettes,
pour Ling Sung, c'est facile.
Il suffit de les tenir comme il faut,
en gardant son assiette bien haut.
Quand il était petit,
il y arrivait mal.
Maintenant, il n'y pense même plus.

Tout le monde veut essayer
de manger avec des baguettes.
– Montre comment tu fais,
Ling Sung. Apprends-nous !
– C'est pas facile !

Même la maîtresse
et Chandra font un essai.
Les morceaux de biscuits sautent
comme des grenouilles.

Elles rient et s'entêtent.
– J'y suis presque !
dit la maîtresse.

Après, Ling Sung demande à Manjit
de l'aider à écrire son prénom.
– D'abord, tu descends tout droit,
tout droit, comme ça,
et tu repars de côté :
ça fait un L…

Kevin montre à Ling Sung
comment nouer ses lacets.
– Tu fais une boucle
et tu mets ton doigt là…
Attention !
ne lâche pas déjà !

José attache dans le dos
le tablier de Ling Sung,
si serré
qu'il peut à peine respirer.

Audrey lui apprend
à boutonner son blouson.
– Tu commences par en haut
ou par en bas, jamais au milieu.
Sinon, c'est forcé,
tu boutonnes lundi avec mardi,
comme dit maman.

À l'heure de la sortie, Ling Sung
court raconter sa journée à son père :
– J'ai montré aux autres comment faire
une chose qu'ils ne savaient pas faire !
Même les maîtresses
ont voulu apprendre !

Et son père rit :
– Un vrai magicien,
avec tes baguettes,
si je comprends bien ?